AF363930

30 Septembre 1886.

V

VENTE APRÈS DÉCÈS

Les Jeudi 3o Septembre et Vendredi 1ᵉʳ Octobre

A DEUX HEURES

HOTEL DROUOT, SALLE Nᵒ 3

BON MOBILIER

PORCELAINES ET FAIENCES

BRONZES

OBJETS D'ART ET DE CURIOSITÉ

TABLEAUX ET AQUARELLES

Le tout dépendant de la Succession de Mˡˡᵉ E. CROUCH

DITE « CORA PEARL »

EXPOSITION

Le Mercredi 29 Septembre 1886, de 1 heure 1/2 à 5 heures

<table>
<tr><td>Mᵉ Henri OUDARD</td><td>M. E. Van HOESERLANDE</td></tr>
<tr><td>COMMISSAIRE-PRISEUR</td><td>EXPERT</td></tr>
<tr><td>rue Sainte-Anne, nᵒ 57</td><td>rue Taitbout, nᵒ 34</td></tr>
</table>

PARIS — 1886

IMPRIMERIE
Vᵒ RENOU ET MAULDE
144, Rue de Rivoli, 144
PARIS

CATALOGUE

D'UN

BON MOBILIER

MEUBLES EN BOIS SCULPTÉ

TABLEAUX ET AQUARELLES

OBJETS D'ART ET DE CURIOSITÉ

Porcelaines et Faïences, Terres cuites, Bronzes
Armes, Éventails

BELLE GARDE-ROBE, LINGE DE CORPS ET DE MÉNAGE

Dentelles et Fourrures, bonne Literie

MEUBLES COURANTS

TAPIS, RIDEAUX, BATTERIE DE CUISINE, VINS

Le tout dépendant de la Succession de Mlle E. CROUCH

DITE « CORA PEARL »

ET DONT LA VENTE AURA LIEU

HOTEL DROUOT, SALLE N° 3

Les Jeudi 30 Septembre et Vendredi 1er Octobre 1886

A DEUX HEURES

Me Henri OUDARD	M. E. Van HOESERLANDE
COMMISSAIRE-PRISEUR	EXPERT
rue Sainte-Anne, n° 57	rue Taitbout, n° 34

EXPOSITION

Le Mercredi 29 Septembre 1886, de 1 heure 1/2 à 5 heures

PARIS — 1886

CONDITIONS DE LA VENTE

Elle sera faite au comptant.

Les Acquéreurs paieront, en sus des adjudications, CINQ CENTIMES PAR FRANC, applicables aux frais.

L'Exposition mettant le Public à même de se rendre compte de l'état des Objets, aucune réclamation ne sera admise une fois l'adjudication prononcée.

TABLEAUX ET AQUARELLES

1 — **École française.** Tête de jeune fille. Dessin au crayon noir. Cadre en bois sculpté et doré.

2 — **Hugues**, 1855. Invocation à l'Amour. Signé et daté.

3 — **Inconnu.** Cosaques poursuivant des cavaliers (Aquarelle).

4 — **Inconnu.** Portrait de Mlle Cora Pearl.

5 -- **Inconnu.** Femme portant un pli.

6 — **Josquin** (A.). Chevaux à l'écurie. Signé.

7 — **Lansac** (Émile de). Portrait équestre de Mlle Cora Pearl.

8 — **Lansac** (Émile de). Chien dogue.

9 — **Maussion** (De), d'après Van der Werff. Peinture sur porcelaine : Sujet mythologique.

10 — **Pécrus** (J.). La Lecture.

11 — **Prud'hon** (P.-P.). Jeune Fille tenant un chat. Dessin provenant de la vente de Boisfremont.

12 — **Svertchkow**. Type de cheval cosaque. Signé.

PORCELAINES ET FAIENCES

13 — Joli Plat creux en ancienne porcelaine de Chine, décoré au centre d'un vase de fleurs, et au pourtour de compartiments à sujets rehaussés d'or.

14 — Plat creux en même porcelaine, décoré au centre de poissons; pourtour à compartiments ornés de sujets.

15 — Plat en même porcelaine, décoré de cygnes, fleurs et sujets rehaussés d'or.

16 — Sucrier et son Couvercle en porcelaine de Saxe à petits sujets champêtres.

17 — Paire de Flambeaux en même porcelaine, ornés de fleurs et fleurettes en relief.

18 — Groupe de trois Personnages en porcelaine blanche française.

19 — Grand Vase en porcelaine blanche, à anses formées de cygnes et mascarons.

20 — Petit Buste en biscuit de Sèvres sur socle en porcelaine de même fabrique « Prince Impérial ».

21 — Petite Aiguière et son Plateau en porcelaine de Chine, décor or sur fond bleu fouetté.

22 — Paire de grandes Potiches en porcelaine de Chine décorées de sujets d'intérieur à rehauts d'or, sur socles en bois.

23 — Porcelaines et Faïences non portées au Catalogue.

FAIENCES

24 — Paire de Vases avec socles et couvercles de forme hexagonale en faïence de Nove, décorés de fleurs.

25 — Deux Plats en faïence de Rouen.

26 — Deux Plats ronds en faïence française, décorés au centre d'écussons.

27 — Plat de forme octogone en faïence de Moustiers, dans le style de Berain, bleu sur blanc.

28 — Grand Plat en faïence de Rouen, dans le style de Guillebaud.

29 — Assiette en faïence de Rouen, décor au carquois, oiseaux et fleurs, marli treillagé.

3o — Grand Plateau en faïence de Savone, décor à personnages en bleu sur blanc.

3i — Deux Plats en faïence de Naples, sujets allégorique et mythologique.

32 — Deux Plats creux en faïence d'Urbino, avec inscription et sujet allégorique.

33 — Petit Ravier à anses en faïence de Strasbourg, décoré de fleurs.

34 — Compotier et Plat en même faïence, décorés de fleurs.

35 — Deux Plats ovales en faïence française, décorés de fleurettes.

36 — Plat ovale en faïence française, décoré au centre de petits sujets et fleurs.

37 — Jardinière en ancienne faïence de Delft, décor chinois en bleu sur blanc.

38 — Petite Burette en faïence de Strasbourg, décor à fleurs, monture en étain.

39 — Petit Groupe formant Salière en terre de pipe, Homme conduisant un cheval.

40 — Paire de Vases avec socles en faïence de Nove, décorés de fleurs.

41 — Un lot de Poteries et Etagères algériennes.

42 — Vase à fleurs à anses en faïence française, décor à sujets et arabesques.

43 — Terre cuite (signée).

44 — Objets non catalogués.

———

OBJETS D'ART ET DE CURIOSITÉ

45 — Deux Statuettes en bronze, signées « A. Carrier », Danseurs napolitains.

46 — Deux Presse-Papiers en bronze de Delabrierre « Chiens ».

47 — Petit Flacon à odeur en verre de couleur, garni d'une monture cuivre émaillé et ornée de pierres de couleur.

48 — Jolie Coupe en onyx, garnie d'anses formées de mascarons et d'une monture en bronze doré.

49 — Fût de Colonne monté sur dé en onyx.

5o — Buste de Femme en terre cuite, signé H. Allouard, 1878.

51 — Deux petites Jardinières sur pieds en bronze du Japon.

5 2 — Deux Groupes en terre cuite, signés Marie, Femmes couchées et Amours.

5 3 — Bronze signé P.-J. Mêne « Cheval en liberté ».

54 — Aiguière et son Bassin en galvano, à sujets mythologiques.

55 — Petit Groupe en bronze, médaille « le Baiser » de Houdon, sur socle en marbre noir.

56 — Paire de Candélabres à trois lumières en bronze ciselé argenté et en partie doré.

5 7 — Fusil et Armes arabes.

58 — Paire d'Appliques à trois lumières en cuivre estampé, décor à mascarons et chimères.

5 9 — Grand Plat en cuivre estampé, orné d'écussons et de chimères.

6 o — Paire de petits Flambeaux en bronze poli et ajouré.

6 1 — Lampe juive à huit lumières, montée à gaz.

6 2 — Deux Plats ronds en cuivre estampé et gravé.

63 — Pot à tabac en bronze ciselé et gravé.

6 4 — Six Éventails en nacre, burgaut et écaille, garnis de dentelles.

65 — Objets d'étagère non portés au Catalogue.

MEUBLES ET OBJETS MOBILIERS

66 — Deux jolies Servantes en noyer sculpté formant crédences, ornées de colonnettes.

67 — Joli buffet de salle à manger à deux corps en noyer sculpté ; le corps supérieur est à fond de glace biseautée, à droite et à gauche deux vitrines ; le corps inférieur s'ouvre à trois vantaux sculptés.

68 — Table en noyer sculpté à rallonges et montée sur pieds sculptés, décor à mascarons et têtes de béliers avec entre-jambes.

69 — Quatre Chaises en noyer sculpté sortant de la maison Mazaroz-Ribalier, recouvertes de velours frappé fond vert.

70 — Six Chaises, forme escabeau, en noyer sculpté, recouvertes de même velours.

71 — Deux grands Rideaux en velours frappé fond vert et une Tablette couverte de même étoffe.

72 — Un Canapé et deux Fauteuils étoffe à fleurs brochées sur fond maïs.

73 — Deux paires de Rideaux, même étoffe.

74 — Deux Glaces biseautées, forme médaillon, dans leur cadre en bois sculpté et doré.

75 — Glace biseautée avec cadre et appliques en glace.

76 — Petite Glace biseautée dans son cadre en bois sculpté à jour et doré.

77 — Lustre à douze lumières, garni de bronze et orné de cristaux et d'une tulipe centrale formant porte-bouquet.

78 — Paire de Candélabres à six lumières et à porte-bouquet central, ornés de cristaux.

79 — Deux paires d'Appliques à cinq lumières, garnies de plaquettes et de prismes en cristal taillé.

80 — Joli Drageoir en cristal taillé sur pied en bronze doré.

81 — Joli petit Guéridon, style Louis XVI, formé d'une tablette en onyx posant sur un trépied orné de guirlandes en bronze doré.

82 — Très belle Jardinière, formant guéridon, en bronze nickelé, ornée de têtes de lion en relief et reposant sur trépied style grec.

83 — Table de milieu en poirier noirci et sculpté, avec tablette en onyx et à entre-jambes ornées de têtes de lion.

84 — Lit de milieu en satin capitonné fond gris, garni de franges et de passementeries en soie.

85 — Belle Psyché à glace biseautée, supportée par deux montants en forme de balustres et ornée d'un fronton à amours et guirlandes de fleurs en bois sculpté et doré.

86 — Deux Tables de nuit, style Louis XIV, en bois sculpté et doré, ornées de mascarons et de fleurs en relief, dessus en marbre blanc.

87 — Jolie Chaise chauffeuse à dossier renversé, recouverte de satin broché, capitonnée et garnie de franges et passementeries en soie.

88 — Deux petits Fauteuils, même étoffe.

89 — Petite Table en bois sculpté et doré et à entre-jambes, dessus en onyx.

90 — Plusieurs Socles en bois sculpté et doré.

91 — Table à jeu en marqueterie ancienne de Hollande.

92 — Petite Commode en ancienne marqueterie de bois, garnie de bronzes, avec marbre griotte, époque Louis XIV.

93 — Cabinet formant bureau en bois de placage, garni de tiroirs et de niches incrustés d'ivoire. Travail italien.

94 — Deux belles Garnitures de foyer en fer poli, avec pelles, pincettes et tisonniers.

95 — Bel Ameublement de cabinet de toilette en bois noir, composé de : une Armoire à deux portes garnies de glaces biseautées et ornée d'un fronton et deux toilettes garnies de glaces biseautées et d'étagères.

96 — Accessoires de toilettes : Boîtes à poudre, Miroir, Brosses et autres Objets en ivoire.

97 — Tapis, Rideaux et Literie.

98 — Meubles courants en acajou et palissandre.

99 — Quatre-vingts Volumes environ, français et anglais ; Romans, Musique et Albums.

100 — Belle Garde-Robe de femme : dentelles et fourrures.

101 — Bon Linge de ménage et Linge de corps.

102 — Plaqué : Plateaux de service, Soupière, Légumiers, Réchauds, Fontaine à thé, Cafetières, Théières, Seau à champagne, Pot à eau, Cuvette et autres Objets.

103 — Services en porcelaine décorée ; verreries et cristaux.

104 — Batterie de cuisine.

105 — Tapis.

106 — Vins fins et ordinaires ; Ustensiles de cave.

Vᵉ Renou et Maulde, imprimeurs de la Cⁱᵉ des Commissaires-Priseurs, rue de Rivoli, 144.   400—71502